詩集

仏教の宣伝

ハラキン

竹林館

詩集　仏教の宣伝

目次

カバー・表紙　大塚新太郎／作品名：UNTITLED／マテリアル：透明レジン

詩集　仏教の宣伝

ナンデモアリ

地獄の獄卒の
一生を知らないまま
補陀落《ふだらく》(1)に住まうカンノンさまの
衣食住を考えないまま
経典が聖者の肉声なのか
弟子の創作なのか
ハッキリさせないまま
山を飛んだ伝説の行者が
お堂を投げ入れたまま
はるか西にあるとされる
浄土など信じられないまま
浄土とはちがうとされる
天界の有無を問わないまま
絶えず演奏されているという
天界の音楽が聞こえないまま
結界の中に巣をはった
大蜘蛛とハナシができないまま

神も仏も一緒くたにしたまま

ナンデモアリ

楽器を鳴らして行進する
ニューオーリンズのジャズメンも
楽器を鳴らして雲中にある
供養《くよう》菩薩《ぼさつ》(2)たちも
名号をとなえる人々も
お題目をとなえる人々も
呪文をつぶやく人々も
ひたすら坐る人々も
地中の古代インドも
砂漠に埋もれた
サンスクリット語もパーリ語も
過激派もノンポリも
俺の今生も前世も来世も
みんなみんな集まってきた

ナンデモアリナンデモアリ

闇

目をつむって
開けるだけで
闇になることがある
目の前にかざした
自分の手のひらすら見えない
見えないどころか
俺が腕をのばすと
はるかかなたに
手は行ってしまって
これは手だ手だなどと
口々に騒ぐ声が
闇のかなたからきこえてきた

騒いでいるのは
現代人ではない
未来人でもない
近代人のどこか古くさい声だ
俺は大声で呼びかけた

騒ぎがピタリとやんだ
そのかわり
獣の荒い息がかえってきた
平安の世の鬼にちがいない
俺は食われるのか

いままさに食われるのか
ひたすらに
なにも見えないから
闇はときめく
闇は心だけだから
鬼は胎児に変わる
俺が胎児に乗り移り
さて胎内の闇に
浸ろうとした刹那
何者かが
蛍光灯を点けた

ああ見えてしまった
いつもの夜が

闇を想え

闇を想え
光では生きられない
精神がはりつめる闇
ときおり
鬼の悪臭が
鼻をよぎっていく闇
おのれの手のひらすら
あとかたもない闇
この世の漆黒を
はるかに超える闇
闇の右側に労働を積み
闇の左側に肉体を積んで
闇のまんなかにすわれ
すわって
読経がひびいてくる
闇を想え

かなたから
おのれの名が呼ばれる
闇を想え
甘い希望の
朝をこばむ
闇を想え
闇を想え

昔の俺

おまえはいつもモノクロームで出てきて　俺とオーバーラップする。なぜか部屋の照明は落ちて　二人と机まわりだけになる。今の俺と膝の位置は数ミリずれている。生きるスタンスのずれのように。顔もほぼ重なっているが　おまえの顔が数ミリだけ前方にある。そんなときは考え方がほぼ一致している。二十五歳で読んだいまや日焼けして黄ばみきった哲学書をひもとくと　二十五歳の俺が出てきた。考え方がちがうからか　少し離れて出てきて　窮屈な間合いでこちらを振り向き皮肉に笑い　煙草臭い息をふきかけた。赤いボールペンでアンダーラインがいくつか引かれている（歳月で色褪せている）。こんなところで感動しやがって。昔の俺と今の俺が向かいあうことはない。おそらくどちらも俺だからだろう。かといって同一人物とは限らない。ずうっと点いているように見せかける蛍光灯が　じつは高速で明滅しているように　別人が明滅していくのかもしれない。いや俺はしょせん俺かもしれない。このことは誰も教えてくれない。細胞はひとつのこらず入れ替わるという。そこで昔の俺をめざして細胞分裂を巻き戻していったが　途中で砂嵐になったのであきらめた。自我などイリュージョンだと聖者はいう。もはや他人の俺も存在するのか。さて難解な詩集をひもとく。おまえが今度はいつもとちがって色褪せて出てきた。おまえの顔は数ミリだけ上にある。それにしても息がつまる。存在のオーバーラップという閉塞に。

ウラ

都市の名高いどぶ川に
ウラがあった
川沿いにならぶ
居酒屋やブティックやカフェの
ウラがあった

十一の顔をもつ像の
まウラに
暴悪に笑う顔があるごとく
真相はウラに暴き出される

ヒビが入った窓ガラス
食材を積みあげた窓際
洗濯モノ
排水
ペンキが剥がれ落ちて

都市の夢の剥片のように
川を流れていった
夢を叫びながら
ああ　どんどん
叫びが遠ざかっていく

居酒屋やブティックやカフェの
オモテはキレイ
キレイなオモテは
ウラで排泄するしかない
だからどぶ川がある
排泄物は
古代から絶えず流れゆく
夢が流れゆく
愛欲が流れゆく
無明が流れゆく
さらには
祈りや瞑想の
毒までもが流れゆく

古代からあった
ウラ社会も流れゆく
流されまいとして流れゆく
こうしたオモテとウラの関係は
その後も三千年続いた

コトバ

世界にコトバがあふれ
トゲトゲの種子となって
からだじゅうにくっついてきたので
瞑想者はたたき落とし
コトバを不立した

レトリックに見舞われ
レトリックに溺れて
ついに世界は
人生のようになってしまった

そして
あるいは
しかし
接続詞で世界は
ひとつになれる

かならず
ゆっくり
いささか
副詞で世界は
感情的にできる

それは人類がつくウソだと
オモテのウラはわかっていた
ウラはウラに潜んで黙して
コトバが破綻することは
紀元前が見抜いていた
狂った紀元後さえなければ

世界にコトバがあふれ
水墨になりすまして
島に見たてた石にも
難解に観念してきたので
瞑想者はふり払い

ふり払うこともふり払って
ナームふり払いつづけ
石として坐りつづけた

世界にコトバがあふれ
いやらしい粘液となって
円や正方形にくっついてきたので
宇宙が洗い落とし
幾何学的に抽象した

心の実況

あなたは俺といっしょにココにいる。俺はいまあなたを独占している（あくまで小説的に）。恋しいから俺はあなたをそうっと抱く。これを受けいれて　あなたは俺に抱かれる。心と心がそうっとくっついている。頭上の葉叢が風にかき鳴らされる音が　耳に入った。あっ風だ。心もかき鳴らされて　俺の心があなたの心と　刹那数ミリ離れる。あわてて音を意識から殺し　と同時に筋肉に力が入り　俺はあなたを抱きしめる。これを受けいれて　あなたは俺に抱きしめられるがままになっていると感じるともなく感じていたら　あなたは痛いとつぶやいた。口元は薄く薄くほほえんでいるが　細く開いたあなたの目は俺を見ていなかった。同じく心もそっぽを向いた　と俺は悲観する。あなたの心が俺の心としだいに離れていく　いや　そうっと抱いたときも　くっついてなんかいなかったのだ。砂ぼこりが口に入ったような思いにとらわれたとたん一切のノイズが耳に入ってきた。はるかどこかの島唄に　抱きしめても抱きしめても　ほら　すきま風が通るでしょ　抱かれても抱かれてもココにあたしはいない　あたしを心の底からほしいなら　なにもかも捨てて　恋も捨てて　あたしを抱いてくれないと　という一節がある。地獄に堕ちても抱いてくれますか　と続く。あなたは俺といっしょに地獄には堕ちてくれないだろう。ヘリの音。階下の住人の音。幼児の泣き声。頭上の葉叢が風にかき鳴らされる音。一切のノイズのなかで　あなたは薄笑いながら上着に袖を通している。もうはやくいなくなってくれ　いやまた会いたい　まだ終わったわけでない・・・こんどは・・・これほどまでに愛欲にとらわれやすい心の実況は堂々巡りになるというのでいったん打ち切られた。

心の美術

この世の赤いハートに
黒いペンキをぶちまけた
これを作品Aとした
題名は「心?」
そのときから造形作家は
心と言うとき
胸に手をやることをやめた

心は脳にあるとする科学者は
自分の脳を
メスで切り開いてみたが
どこにも無かった
ひょっとすると
心は脳のパーツ(赤いクルミのような?)ではなく
脳裏そのものではないのか
そこで造形作家は

脳を裏返して作品Bとした
題名は「脳の心？」

古代アーリア人が
忽然と現れ
すべての細胞に遍在すると告げた
そこで造形作家は
顕微鏡で細胞をしらべたが
ミトコンドリアのように
動く心はいなかった
すべての細胞？
それは私のことじゃないか！
ギャラリーの床に
直立不動し作品Cとした
題名は「私は心？」

寺なるもの

基壇づくりを皮切りに
礎石を据えて
数十本の柱を
あらよっ　といっせいに立てた

「風蝕による破損はなはだしく
高欄がいまにも落ちる状況」

マスをのせ上にハリをのせた
ケタを架けわたした

「肘木の組手個所に破損
そして隙間がひろがっている」

ケタに垂木を架けるなどして
全面に板をはり破風をとりつけ

おびただしい瓦を
せいのっ　といっせいに葺いた
　「心柱全体にひび割れ部拡大
　補強済み」

仏像群を安置した
読経をはじめた
　「天井板および支輪板の
　彩色文様の剥落いちじるしい」

以来一千年を経て
金堂に鎮まる
見返り如来に
なにごとかを祈り続ける夫人がいた
　境内の一角に
　樹脂単管バリケード　A型バリケード

ＡＫフェンス　カラーコーン　鋼管群
さらにブルーシート
などの縄張り

逆観の練習

何もなければ　ビッグバンはなかった
ビッグバンがなければ　何もなかった
星がなければ　生はなかった
生がなければ　愛はなかった
愛がなければ　生はなかった
生がなければ　瞑想はなかった
瞑想がなければ　仏法はなかった
仏法がなければ　寺はなかった
寺がなければ　禅はなかった
寺がなくても　禅はあった

その寺がなければ　参禅しなかった
参禅しなければ　痺れなかった
痺れなければ　ぶっ倒れなかった
ぶっ倒れなければ　腫れなかった
腫れなければ　医者はなかった

医者は　フクザツに断裂しているから
もはや完治はしませんよ　と常套句を言った
住職が　大したことなくてよかったと言った翌朝
モチのように腫れた
右足首がすでに仮死しており
右横ざまにぶっ倒れた
行を行じているのにバチが当たったか
それとも行をいやがる魔のしわざか
もう一人の俺のしわざか
経行《きんひん》(3)で立ちあがった　刹那
叫べば　他の居士から顰蹙を買い
住職から放り出されるだろう
さらに痺れ　底知れず痺れていき
座布団一枚分の痺れ地獄がのたうった
座禅の前半　息を数えることに徹する心に
横手からミギアシガシビレテキタが横殴りしてきて
数息《すそく》(4)が死んでしまった
或る夜　参禅した

死なるもの

10年前にオートバイの事故で
死んだ友人と
いまだに会えない
あれ以来
連絡もない
死の不意打ちは
ジョークのようで
葬儀で棺のなかの顔をみても
また近々会うのだろうと
鼻歌じみた思考でいたが
10年たっても
いまだに会えない
いまにも
右手をあげて
俺が飲んでいる
居酒屋に来そうだが

来ない
墓にもいない（のだろう）
死は相対的な日常でないのか
一生に数回ないのか
この世は
意外とカタブツだ
凡夫《ぼんぷ》(5)は
一回の生における
死なるものを学んだあと
生まれ変わり
なるものを学ぶ
渓流の向こう岸の
鹿とずっと目が合う
とある乳母車の
赤子とずっと目が合う
でも
死んだ友人とは
もう永遠に会えない（のだろう）

時間なるものが

目が覚めて　窓のカーテンを開けたら　いつもの風景と酷似しているが　どこかしらムードの違う風景が俺に投げ込まれた。雲はきのうの雲ではないが雲は雲で　太陽はおそらく我ら太陽系のあの太陽だろう。アラカシはアラカシ　コブシはコブシ　だけれどあんなに大きかったか。いつもの野鳥だと思ってよく見たら　見たこともない鳥だ。妻が起きてこないとよぎった刹那　俺は独身であることに気づいた。俺だと主観している男はどうやら時間のひねりにひねられたらしい。今の歌手Ｆも　二十年前の歌手Ｆも　半世紀前の歌手Ｆも　無段階に共存できるようになった「インターネット」を皮切りに　しだいに今というものは仮の姿となり　まもなく今という定義はなくなろうとしている。つまり時間なるものが　禁欲をやめ　じっとしていなくなってひねり　ねじり　ひずみ　なだれ　うらがえって　もんどりうつようになった。戦場ヶ原で繰りひろげられているハリウッド映画の合戦ロケが　ほんとうの歴史上の合戦だった。といった現象は　もっと日常になるだろう。こうして時間なるものが自由を手に入れたのに　人間は相変わらず　己という鎖につながれ　超越界によって憎しみあうこ

とを強いられ　生存は競争であることを　むしろ誇りと思うように
プログラミングされ続けた。目が覚めて　玄関のポストを開けたら
「召集令状」が来ていた。太平洋戦争！

（1）補陀落　ふだらく

サンスクリット語 Potalaka の音写語。カンノンさま（観世音菩薩）が住む、もしくは降り立つとされる山の名前。

（2）雲中にある供養菩薩たち

雲中供養菩薩。如来や観世音菩薩を天上から讃嘆（さんたん）する菩薩のうち、雲中にあって奏楽、歌舞、散華（さんげ）、合掌などの供養のかたちをとるもの。

（3）経行　きんひん・きょうぎょう

禅宗では〈きんひん〉と読む。瞑想しながら、反復歩行すること。

（4）数息　すそく

出入の息を内語で数えること。数えることによって、心を静め統一する。

（5）凡夫　ぼんぶ

〈ぼんぷ〉とも読む。仏教の道理を理解していない者。俗人。

*

変身

数万種類の雑草がはびこる空き地に潜り込め。四つん這いになって　そう　そうだ　虫の兵隊のように匍匐前進せよ。俺はなにものかの命令のとおりに動いた。土を舐めんばかりの虫のまなざしになりきって　アリやカマキリとすれちがう。ふいに脇に目をやるとショウリョウバッタと目が合い　草のトゲが頬に刺さり　蔓が足に絡まるうちに　しだいにこの世界となじみ　俺が俺がという気分が　夜露が蒸発していくように失せていった。やがて決定的な草いきれに見舞われ　数字と文字が螺旋しながら消失し　消失しつつ　人間のコトバに翻訳できない昆虫の思考が俺にみなぎって気を失った。そして午前零時に「意識」が戻った。俺は晴れて新種の昆虫になっていた。

俺の肉体の内側から　何者かの手のような触感が　心臓だの脳髄だのにさわり　生気を抜きとっていくようだった。次いで身体の材料の変更。骨や筋肉や臓器など　もはや不要なものは一切廃棄されるとともに　樹木の主観がまこと不可思議な内圧で俺を充満した。その直後いったん仮死。ある朝蘇ると　俺は晴れて彫刻として完成し　凛と立ち微動だにしなかった。これから具象彫刻として数百年（数千年？）立ち続けていくこととなった。

男としての生体　の内奥の女を引き出すことになった。長年　男のなかに閉じこめられて　女はひとり静かに女を深めており　女として外に出るチャンスを潜在的にうかがっていると言われる。あべこべに　女としての生体　の内奥の男も同様。この世に男として生まれるか　女として生まれるか　などということは　まるで相対的　いや変幻自在ということか。話を戻す。主語は男としての生体。胎児が胎内に浮かんでいるあいだの或る瞬間に　男と決めた鍵がありこの半物質のような鍵で　世界に暗部が満ち　両性が活性し　この世の俺を空ろにするひとときに　女を閉じこめているドアが開けられた。刹那　男としての俺は叫びながら気化し　俺は晴れて女になった。

ロマンス

厚い雲が湧いたかとおもうと　たちまち太陽をさえぎって世界に影が満ちるように　それはいつも　なんらかのしきたりで視界がうす暗くなったとき　はじまる。
僕のなかに閉じこめられて　女を　ひとり静かに深めている君よ。愛しき君よ。僕の外に出てきてくれないか。
ふたりで音楽を　この世のものでない音楽を聴きながら永遠に愛しあいたい。
あなたに囁かれるたびに　あたしの透明なからだが疼きます。ああ　いますぐあなたから飛び出して　あなたに会いたい。グラスを握りつぶすように抱きしめてほしい。
だから　あたしを閉じこめているドアを開けて。あなたが胎内に浮かんでいるあいだの或る一瞬　あなたを男に決めた鍵で。
ごめんなさい。僕はその鍵を持っていない。この世に生まれ落ちるときに落としてしまったらしい。たぶんあの人が持っていると思う。

僕のなかの男と　僕のなかの女の　息がつまるロマンス。
両性が活性し　この世の僕を空ろにするひとときの。
じゃあその人に鍵をもらって　はやくここを開けてちょうだい。そうそう　こうしちゃいられない。あなたがずっと気を失うほどの最高のドレスを着なくては。

異郷

リゾートの湖畔に
都会人たちの歓声
みやげもの屋
ボート乗り場の
スワンボート
こんな情景からは
真理へ行けないことになった
行けないどころか
抽象すら出来ない
だからグランドピアノを
みんなでかついで
異郷に運びだすことにした

空が高い
古代のような朝
乳児を乗せた

うばぐるまがたくさん
ラジオ体操のように集まっていた
ひとりの天人が
うばぐるまの乳児をひとりひとり
ていねいに覗いてまわった
はしゃぐ乳児たちの瞳は
異郷を映していた
でも親たちの眼窩からは
眼球が消えていた

森林をつぶして
新興住宅地をつくったが
時が経ち
もはや輝きを失ったから
住人は
どこか見知らぬ異郷に
引っ越していった
ほとんどの異郷が
新興住宅地のようになったという

錆びたブランコや
砂が老化した砂場で
老人たちがはしゃいでいる
この世にない異郷を見た
かくれんぼの鬼が
いま忽然と消えた

続ウラ

ウラが消えていた
都市の名高いどぶ川の
ウラが消えていた
川沿いにならぶ
居酒屋やブティックやカフェの
ウラが消えた

ウラだけが消えたのでない
オモテも消えた
あの土木が消した
「オモテを消すのが仕事なんで」
居酒屋やブティックやカフェを
解体し撤去した
酔いから醒めたように
更地があらわれた

風化がつくりあげた
窓ガラスのヒビも
壁のくすみも亀裂も
歳月が意匠した
這いまわる蔦も
淫らな照明も
細菌が殺菌されたように
滅び消えてしまった

舌打ちをして
ウラの男は立ちすくんだ
男のなかに土木を入れて
男のオモテも
消してもらおう

もはやウラがないから
排泄はなかった
夢の排泄物も
愛欲の　無明の　排泄物も

どぶ川を流れゆくことなく
いやウラがないということは
オモテもないということだから

やがて世界は
更地になるだろう

動向

茎と花だけの彼岸花が
枯山水を侵食して
ひょろひょろと覆いつくした

上品な古典音楽が
咆哮のフリージャズに荘厳《しょうごん》され
鼻の骨を折った

歩く人とその影は反転し
影が主人公になって
人は影につき従った

はるか上空
小指のように見えた旅客機は
小指のような大きさで
空港に着いた

アリのような大きさの
人間たちが降りてきた

人生は一度きりではないという
事実が
事実としてやっと教科書に載った

きのうの世界は
水平線と垂直線だけだったが
きょうの世界は
曲線がはびこっている
剛毛を生やしたやつだの
体液をしたたらせたやつだの
きょうからきのうへと
不純な曲線どもが
水平線に手をだし
垂直線に足をからめて
抽象の絶叫のなかを
まさに侵食しつつある

生の否定

鉱物の内奥でなにかが微かな音を立てたとき　鉱物は生物になりはてた。だけど足は生えなかったので　ぶざまに転がりながら　生きていった。コップの水に異常な光が差し込んだとき水は生物になってしまった。たえず自らのからだに溺れてしまい　息が出来ず死にそうになる。密室の空気が風もないのにそよいだとき　空気は生物にされていた。誰もドアを開けないので　ずっと密室に閉じ込められながら　息をひそめていた。闇と真空に鎮まる　あいつをいのちにしてやろうという　意志のようなものが　前回は　土器に盛られたりんごや梨やぶどうの類を　すなわち静物を動物にしたり　鉄道のホームの下にはびこる植物を動物にして　けっきょく　しあわせになれなかった彼らは自死を選んだが　今回は　無機物を有機物と化する試みだった。いのちを得ていのちを謳歌すると思われたが　鉱物もコップの水も密室の空気も　唐突に押しつけられたいのちにとまどい　いのちの苦しいありように苦しみ　こんないのちは要らない　元の様態に戻してくれと　闇と真空に鎮まる意志のよ

うなものに訴えた。このようにして　あまねく生というものは
否定され　遠い昔　生の否定という神話になり　以来五千年間
ひそひそと語り継がれた。

連鎖

理科室の
静かな筋肉標本から
連鎖ははじまった
標本の右膝の靭帯が腐ってしまった
右膝をかばい続けたために
幾何堂の正方形は
左辺に負荷がかかり過ぎて
ついに疲労骨折した
杖を曳く生活に倦んで
男は動物をやめて植物になった
病葉だらけの楓になった
病葉はまさに病的な紅葉となって
名高い枯山水に
ワルツの速度で舞い落ちた
白砂は病をうつされたので
弱った白砂につけこんで
雑草がはびこった

女はそのハルジオンの可憐な花を愛で
ハルジオンになりきって
止揚のあげく発狂した
精神病棟では
いまこそ病という病を追放し
生老病死を生老死
にしようではないか
というシュプレヒコールが
伝染病のように
はびこりひろがった
かくして連鎖は終わらず
世界はなにひとつ治らず
世界像の真うしろで
化仏《けぶつ》(6)は暴悪大笑した
その憎憎しいメッセージを
生物室の
非情な骨格標本が
拝聴することをもって
連鎖は一時停止となる

アクション!

金堂の三和土に
鉄パイプを数十本寝かせたら
強い嫌気が生じた
さらにカラーコーンやバリケードや
ブルーシートで縄張りすることによって
仏像群や天井画や
いや金堂全体の嫌気は
ピークに達することをたしかめよ

おまえの影を見よ
正確な斜光にめぐまれて
おまえに狂いなくつき従ってくる影に
主人公の座をゆずれ
世界を九十度回転させ
影を屹立させ
影につき従って生きはじめよ

名刀でたたっ斬るように
現代人の主観を殺し
ただちに
戦国武士の主観を獲得せよ
そしてふたたび
時代劇の役者としての
主観をとりもどせ
この主観のスイッチを百度くりかえし
ついに現代人の主観をもって
戦国の世で果てよ

北伝《ほくでん》(7)を食い止めてみよ
歴史が起こった現場に立ち
北伝のベクトルを
南伝《なんでん》(8)にいざなったうえで
遠回りしてこちらに伝えよ
たちまち
二十一世紀の我々の寺からは

夥しい漢字がほどけだし
字画がバラバラと
土にかえってゆくかもしれない
いや寺すら
忽然と消えるかもしれない

複雑

僧帽筋や三角筋や上腕三頭筋や広背筋や大臀筋や大腿四頭筋などなど　メジャーな筋肉たちは　オレをきたえろ　オレをきたえろ　このオレをきたえろ　いやオレをきたえろ　おのおのが口ぐちに呼ばわって　俺という生体にエゴ剝き出しで迫ったが胸最長筋や胸棘筋や腰腸肋筋などなど　深部にあるマイナーな筋肉たちは　私たちをきたえることも大切ですよと　瞑目しておだやかに　俺に語りかけたので　複雑きわまるトレーニングを　生を惜しむように続けたのだが　いつからなんのためにこれほど生体は複雑になったのか。数万種類の筋肉だの関節だの器官だの組織だのがうごめく俺の複雑を　影の世界は一切認めず　グレーののっぺらぼうで俺をあらわしやがる。せいぜい光源と角度を組みあわせて　影を増やしたり諧調を変えたりするぐらいだが　冷静に考えればそれで十分なのかもしれない。だから影の思想に取り組むことにした。ほとんどこれは光の研究に費やすことになるので　前途は希望で輝いた。一方　影を煎じ詰めたところで口を開けて待っている闇についての研究はどうするのか。闇の辞書に必ずある「殺人者」も　俺の複雑など意に介さず　心臓を一撃したり　喉を搔っ切ったりする。「戦争」においては　複雑など全く忘却され　複雑を瞬時こっぱみじんにしてしまう。

目覚めていない

「目覚めていない」
ベッドから飛び起き
冷水を浴びて
早朝の街に走り出たとしても
目覚めていないとされる

街の巨大な十字路を
俺のような者が数万人
カッと目を見開いて
足早に行き交ったとしても
みんな目覚めていない

細胞膜と細胞膜のあいだにある
ゼリー状の闇が
その秘密
闇のなかでは

土地や金銀をめぐって諍い
浅はかな恋歌が好まれ
浅い呼吸のさなかで
鬼に食われるときの
絶叫が闇をつんざく

街の巨大な十字路を
ゼリー状の闇が覆っていて
夢遊病の数万人が
足早に行き交っていると
喩えてもよい

この細胞間闇は
メスを入れられない
神秘的に溶かしてしまうしか
目覚める術はない
頭で倒立しつづけ
命のぎりぎりまで食を絶ち
せっかく骨と皮だけになったのに

闇は溶けなかったという
紀元前の記録を見よ

きょうの俺は
複雑な恋歌を歌い
できるかぎり
息を長く吐いているのだが
依然として
眠りを貪っているとされた　ああ
「目覚めていない」

思想

雲がまとわりついてきて
数ミリ身じろぐだけで
汗ばんでくるなかを
俺は醸成していった

むっとする地表
苔とともにうごめく昆虫のように
苔のかたわらで
じっと微風に揺れる花のように
（人目につかない微弱な花）
いや苔のなかで
苔とともに
苔そのものとして
俺は醸成していった

石仏の足もとを蒸らし

はいのぼって
石仏の顔を覆い
ついに苔むして苔むして
思想を湿気で覆い
俺は熟成していった

いにしえ
海のむこうの
乾ききった思想を運ぶおりも
潮の湿気となって
思想を船内で醸し
俺は熟成していった

雨よ
叙情に流れる現象をやめて
湿気となれ
（もう恋を濡らすな）
蒸気よ
吹きつける客気を捨て

湿気となれ

雨の思想でなく
蒸気の思想でなく
まして
砂漠の思想でなく
火の思想でもなく
娑婆に隠れて風をいざなう
湿気の思想として
俺はさらに熟成せよ

政治家に

強行採決は浅い呼吸でおこなわれた。「国民の安全を守るため」。政治家たちの怒号のなかで政治家は満足感にひたっていた。世界は政治だけのようだった。細胞膜のとなりでは　うつぶせになって林の下草に顔をつっこむと　ハンミョウとカマドウマとサムライアリがさかんに活動していた。数億年の昆虫の世界が政治家に向かっていた。

またしても戦争の足音が聞こえる。「いや戦争をふせぐための法案である」と　政治家は一族の遺伝子にみなぎって力説した。世界は戦争と平和だけのようだった。さらに覚醒すると　水鳥が湖面に急降下し　小魚を食らった。戦争でもなく平和でもなく。野生の世界が政治家に向かっていた。

戦争反対　戦争反対。大衆と名づけられた人々は　シュプレヒコールを叫び反戦歌をうたった。世界は反戦歌だけのようだった。デモ隊が渡った橋のたもとに　サックスをぶらさげた男がいた。男の瞳にデモ隊は映らなかった。サックスはものすごい速さで咆哮をはじめた。反戦の意味もない　恋愛の意味もない　音楽のかたまりが　デモ隊に向かい　政治家に向かっていた。

平和への願いを描いた具象画の展覧会。政治家は招かれ　「平和はすばらしい」とスピーチした。世界は具象だけのようだった。せいのっ　とどんでん

返しすると　水平線や垂直線やあらゆる図形やおびただしい色彩が　躍動していた。そして彼らは「平和」という名称以前を瞑想した。抽象のこぼれんばかりの豊饒が政治家に向かっていた。

十字路

巨大な十字路で
数十万の生きとし生けるものが
信号待ちをしていた
その舞台全体が
濃密なかげろうに覆われ揺れていた
数十万のおのれの実体は歪められ

「ここの赤信号は長いから
あらゆることが起こる」

老婆が
古代からのように
まんじゅうを食べていた
初老の男が
世界にわめいていた
赤ん坊は乳母車ごと

奪われようとしていた
古い軍人がしきりに敬礼し
戦争を続けた
妊婦が今まさに
妊婦を放棄した

「赤信号が実体だとすると
けっして青に変わらない」

背広姿の背中から
来世が出てきた
数えきれない細胞が
いっせいに癌化し
アジテーションをはじめた

巨大な十字路で
数十万の生きとし生けるものが
信号待ちをしていたが
誰かが右腕をふりおろすと

すべてがかき消えた
かげろうだけが揺れていた
「実体は無かったことに」
かげろうから
すべてをやり直すことになった

（6）**化仏**　けぶつ

仏像表現において、菩薩などに本地仏を標識するため、頭部などに置く小仏像をいうが、本来は、衆生教化のために仏や菩薩が、神通力により衆生の機根に応じた姿に身を変えた状態のことをいう。

（7）**北伝**　ほくでん

北伝仏教のこと。北インドからガンダーラを経て、中央アジア、中国に伝わり、さらに朝鮮、日本、ベトナム、台湾などに伝播したものをいう。いわゆる大乗と呼ばれる。

（8）**南伝**　なんでん

南伝仏教のこと。スリランカ、ビルマ（ミャンマー）、タイ、カンボジアなどの国々に現存している仏教の総称。小乗と悪く評されるが、南方諸国ではみずから〈上座部仏教〉と呼ぶ。

*

日記

或る日の夜は　ただただ静かで何事も無く　次に進む理由すら無く時間が経っていく主観だけが　時間の残り滓のようにあった。時計は止まっていた。風は吹いている風の状態で止まっていた。風に揺れたガスの火は風に揺れたまま止まっていた。音楽は時間が止まる直前の音のまま止まっていた。「時間は実体ではなく　現象の変化に即して在るにすぎない」。俺だけが動いているこの現象を書こうと日記帳を開くと　日付の印刷がいつのまにか消えていた。最初から無かったかのように。

翌日の日記を　前日に恣意的に書いたら　翌日に　書いたとおりのことが起こった。未明にすさまじい落雷があったこと。昔の恋人に出くわしたこと。俺が書いたとおりのことが起こったのに　問題にはならなかった。俺の恣意が実現したのか。いやじつは俺の恣意ではなかったのか。「あらゆる存在は心にすぎない」。「この三界はただ表象にすぎない」。心臓が止まるほどの落雷。ほぼ同時に　無数の滝のような雨が　世界の汚れを洗い流してくれたあげく　早朝の陸橋の上　昔の恋人がむこうから歩いてきた。映像のように。

母なるもの

（継母）
「あんたなんか死んだほうがええ」

小さなしかし確かな声を浴びて
小学生の男児は
ズボンのポケットに手をつっこむ
声の毒がただよう家屋の廊下
陽射しは明るい

放課後
そうじする児童たち
「おとなの女の人があんたに会いに来てる」
女児に言われて
男児はなぜか誰かがわかった

跳び箱の倉庫の片隅

着物姿の生母
菓子折りをもっている
男児の名を呼んだ
そうじのノイズが大きくなる

三歳の男の子の視界
そばにいる祖母
玄関先に
しばらくいなくなっていた生母が
知らない中年男といっしょに
家出のあいさつに来ている

さらに幼い男の子が
祖母の乳房を吸っている

母なるものの愛情が
どんなものか感覚できない
生の
重要な部品が無い

郊外の駅の脇に
はびこるセイタカアワダチソウが
秋風に
いっせいに揺れる

蟬か人か

樹の枝につかまって
それは
脱皮しようと蠢いていた
蟬のようであり
人のようでもあった

このたびの生の
男Ａは
みずからをなげうって
着衣の岩になったり
生臭い書物になったり
なにごとにつけ
おのれを展示しようとした

次の生では
女Ｂになるらしい

陰気な性格のあまり
保護色を身につけ
気配を消すこともできるという

演歌が遠雷のようだった
工事音が銃声のようだった
カラスたちの会話が続いた
役所のスピーカーから
古い経典が読誦された

脱皮するなら今だ
男Aは
樹の枝につかまって
先ず顔の皮を裂いていった
裂け目から
Bの顔があらわれた
人のようであり
蟬のようでもあった

上へ

鉄骨階段を上がっていく
荒い呼吸と足音

岬の
地の涯に立つ展望台
砂まじりの風が
中有《ちゅうう》(9)の俺に吹きつける
目や口の中に砂が入る
「畜生！」
階段を上がる主観が続く
客観は無い

階段の踊り場に
辺りを払うチョウセンアザミ
主観がたちどまる
俺はいったい何者か

きのうは何をしていたか
なんで謎の階段を上がっているのか

オオカミのようなものと
ヤマネコのようなものが
格闘している
数秒のモノクローム

階段は階段のまま終わろうとしている
主観が遠のいていく
「中有め！」
ついに砂嵐とノイズ

電話が鳴っている
並んでめいめいパソコンに向かっているが
ここはオフィスなんかではない
周囲に闇が迫る

ネクタイを締めなおす俺の手の甲

毛に覆われている
拳は傷だらけだ
ここは
怒りのエネルギーから生じたらしい
「これが上か！」
拳を固め
俺はとなりの奴に殴りかかった

なぜ音楽

1

なぜ音楽というものが生まれたのか
音楽でなければならなかったのか
その個人において
人類において
文明の感傷において

意識がこしらえた闇に
ひとりいる
顔には極彩色のペイント
闇に浮かびあがる

観念が
虚空の太鼓を叩かざるを得ない
右手のひらで地を叩く

一音
観念を黙らせるために
（一音でやめればいいものを）
ふたたび右手のひらで叩き
すぐに左手のひらで叩く
二音
右と左で音が違ってしまう
闇じゅうから
たちまち意識が群がってくる
ああ
ついに音楽

なぜ観念を黙らせたのか
なぜ音楽というものが生まれたのか
音楽でなければならなかったのか

2

なぜ音楽というものが生まれたのか
音楽でなければならなかったのか

感覚器官が燃えるから
舞踊と歌と奏楽と見世物を
修行僧が
観たり聴いたりすることを
聖者は禁じていた
聖者が死んだら
その門下には
音楽があふれた

酒を飲みながら
生演奏を聴いていた
俺の隣りに
古代のナーガールジュナ先生が
坐っていた

いま忽然とあらわれたかのように
古代から坐っていたかのように

先生は瞑目し
サックスは咆哮する

「怒りの毒が強い
娑婆《しゃば》(10)世界に抗議しているのか
見よ
奏者も聴衆も
感覚器官が燃えさかっている」
先生は俺にささやいて
掻き消えた

帰路
星のかなたから聞こえた！
音楽を禁じた聖者以前からあるという
天の音か

なぜ音楽というものが生まれたのか
どうしても君は音楽が欲しいのか

3

ウラの世界からは音楽が聞こえてこない。俺をウラがえすと　ウラの俺があらわれてオモテの俺に問いかけてきた。オモテの補色というわけでなく　モノクロームでもなく　ウラの色彩と言うほかない顔色で「オモテでは　なぜ音楽というものが生まれたのか。音楽でなければならなかったのか」。オモテの俺は答えた。「生きることそのものがほぼ音楽だから」。ウラが反論した。「ウラだって生きているが　音楽はない」。祭典はあるが音楽はない。大行進は靴音だけ。舞踊はあるが音楽はない。オペラはない。恋はない。紀元前にオモテの聖者が神通力でウラを訪れ音楽がないことを褒めたという。ウラの俺は続ける。「オモテの人間は心が弱いから音楽を生んでしまった」。

さらにウラには叙事はあるが叙情はない。これをはかなんだオモテの神々（天に住む　人間よりもランクが上の生きものたち）は　ウラの生きものたちをオモテに変換し　いままさにウラの世界を閉じようとして

いた。ウラがなくなっても　この問いかけだけは　きっと化石のように
オモテに伝わるのだろう。
「オモテでは　なぜ音楽というものが生まれたのか。音楽でなければな
らなかったのか」。

4

なぜ音楽というものが生まれたのか
音だけではだめだったのか
なぜ土というものが生まれたのか
水だけではだめだったのか
なぜ水というものが生まれたのか
火だけではだめだったのか
なぜ火というものが生まれたのか
焼かなければならなかったのか

なぜ風というものが生まれたのか
吹かなければならなかったのか

なぜ花というものが生まれたのか
咲かなければならなかったのか

なぜ恋というものが生まれたのか
愛だけではだめだったのか

なぜ戦争というものが生まれたのか
平和だけではだめだったのか

なぜ憎しみというものが生まれたのか
慈しみだけではだめだったのか

なぜ歌というものが生まれたのか
歌わなければならなかったのか

なぜ音楽というものが生まれたのか
音楽でなければならなかったのか

食欲の時代

呉れてやると鬼が言うので
口をあけたら
灼熱の煉炭を突っ込まれた

深夜に食すステーキが
食道を逆流して
復讐をくわだてる早暁

あなたの生きがいは何ですかと
鬼に訊いたら
また煉炭を突っ込まれた

前頭葉を食欲だけにした
テレビジョンは
食欲の番組だけになった

お盆になったら
誰かの先祖に憑いて
シャバ世界に行こう

ふくよかなあなたに
歌があふれる
餓鬼草子を贈ります

俺よ
餓鬼道という道を極め
こんどは畜生に上がれ

幾千万億の舌鼓が響き
幾千万億の食料が捨てられる
食欲の時代に

身体性

「着てはもらえぬ」
小ぶしのきいた
女心が流れてきたので
左手で音をつかまえ
右手で壁面にひきのばし
左官のように
俗を防いだ

「北へ帰ります」
小ぶしは
港町で盛んに唸る
流しを肴に
猫背で飲む定型に
街宣車で突っ込んだ

「仏を拝もう」

小銭を投げて
観音を拝む類型
ばかりなので
賽銭箱を
一斉に掻き消した

「ずっと一緒にいたい」
恋が日常に堕したので
恋人たちに
石膏を流し込んで
日常を固めてやった

「やめたやめた」
葬式につぐ葬式をやめ
闇に帰り
闇に眼を見開いて
僧形《そうぎょう》(11)を磨いた

「ぶっこわす」

俺と俺の影を
九十度ひっくり返し
主客をぶっこわしたら
バック転のような
境地になって

世界は
更地をはじめた

名前

川の向こうは
川向こう
人は川をわたるたびに
異郷に投げ込まれ
名前を変える

工場の廃液や
犯罪の血が流れる
運河というものを
原風景に抱える俺は
ヒトシと名のった

フィルムのような白黒
ドス黒い流れ
水上生活者の舟

或る組織にもぐりこみ
なにかの咎で殴られ
血を垂らしながら
次の川をわたって逃げた

　どしゃ降りの橋
負け犬のように急ぐ俺

以来
ヒドシ　フトシ　キンゾウ　キン・・・
わたるたびに名前を変え
二十七人もの男を生きてきた

「人は名に囚われ　名に迷い
愚かな物語をでっちあげる」

開き直ったあげくの
ハルジオンという
雑草の名を最後に

名前を捨てた
今も廃墟のように流れる
名もなき運河に
俺の原風景に

つながり

部屋の照明が人知れず落ちていき　内的な耳にだけきこえる音楽がはじまると　それははじまるようになった。夢のようにおぼつかない仮象の空間にて　俺の顔と重なるほどの間合いで見知らぬ女の顔があらわれた。顔だけがはっきりしていて首から下は異界にあるいは異次元に属するかのように茫漠としていた。女は俺に話しかけたが声（音声）はなにものかに許されていないようだった。長い髪でどこか古風な眼鏡をかけた瓜実顔。許可の割れ目から声がもれる瞬間もあった。「あな・・・だわ。」「そのいで・・まこ・・・みょう。」彼女は誰なのか。おそらく俺の先祖か前世だろうと思ったが　継承がずさんな我が一族なので　手がかりとなる家系図など少なくとも俺の手元にはない。

また部屋の照明が人知れず落ちていき　内的な耳にだけきこえる音楽がはじまった。俺の直観だがこれは時を遡る音楽で　（つまり未来にむかう音楽でない）　しばらく遡ったら　俺と肩をならべて見知らぬ男が忽然と立った。日本人のようだがモンゴル人のようでもあった。彼は人なつっこい表情で俺にふりむいたので　俺は彼の肩に手をかけようとしたが　なぜか接触できない。体臭も嗅げるかと思えるほど生々しい実在感なのに　接触できない。肩に手をかけようとした俺を見ながら　彼は右手を顔の前で横にふって残念そうに笑った。古風な眼鏡をかけた女人よりもいっそう時を遡ったので　彼は俺の何代か前の前世かもしれない。いやあくまで先祖なのかもしれない。

さらに部屋の照明が人知れず落ちていき　内的な耳にだけきこえる音楽がはじまり　しばらくすると俺の足元は下草がひしめく地面になり一本の地を這うような梅の樹が　俺に話しかけてきた。ついに植物！

仮象

その午後は　仮象に入る。海は海であり　砂は砂であって　午後のしずかな波が単調な汀をくりかえした。波をコップにすくいあげてほんの少し口に含んでみれば　あたりまえのようにしょっぱく　海水は海水でしかなかったが　そこから沖合に目をやれば　はるか彼方に　理念でしかありえないほどに巨大な塔のようなものがそびえたっている。それは塔ではなく山塊　それも立方体の山塊とされた。途方もなく遠景であるにもかかわらず　山肌は樹木と土砂ではそのように輝きようがないほどの輝きで　それは紀元後まもない古代人によって四宝　すなわち金　銀　瑠璃　玻璃による輝きと規定された。山の高さは（古代の眉間にしわを寄せて）「五千六百億メートル」と囁かれた。仮象の仮象たるゆえん。さらにひとみを凝らせば山頂を遊覧飛行する天人たちが　鮮明に手にとるように見える。これほどの遠近法の破壊　これも仮象の仮象たる　あるいは唯識の唯識たるゆえんか。さらにさらに意識を尖らせば　仮象のズーム機能で　天人たち一人ひとりの顔立ちまでが観察できる。みんな聡明な顔立ちであるが　男か女かはわからないとされる。天人たちが無邪気にあそぶ山頂には楽園のような天界があるという。
さて主観を手前にもどせば　無表情の釣り人がちょうど小魚を釣り上げた。いわしとかサッパに似た地味な小魚だった。どうするのかと内語で訊くと　食うと内語で答えた。ちゃぽんちゃぽんと　しずかな波が堤防（のようなもの）にあたる音が続いた。
この仮象の宇宙観に　現代の宇宙観といわれるわれわれの地球　衛星である月　太陽系　銀河系　ガス星雲　光速　ブラックホールなどなどを重ねあわせた。たちまち嫌気に満ちた化学反応が始まり不協和音が轟き　人々がざわめき　祈り　次いで数十億人の合唱が湧きあがった。合唱の音量はいっそう大きくなり　ふたたびどこかの海辺で眠りから起こされたわたしは　その朝の　仮象に戻ったのかもしれない。

修復せよ

古寺が梱包されていた。塔にかぶせられた巨大な覆屋《おおいや》(12)の頭上　太陽も月も星も雲も花も　覆屋をめぐってめまぐるしくめぐるさなかをブルーシートをめくって君は巡礼を強行した。いとなむ次元が異なるかのように姿の半ば透けた僧が行を行じていた。姿の半ば透けた大工や左官が働いていた。君には誰も気づかない。「古木の虚のごとく心柱が空洞化」。「長年の風蝕により高欄がいまにも落ちそうな状況」。「礎石もはなはだしく沈下」。「二重目以降の継手もゆるんできている」。「相輪《そうりん》(13)も劣化いちじるしく」。「天井板に描かれた彩色文様の剥落おびただしい」。「虫害あるいは腐朽により木口が大きく破損」。相輪の上部の水煙で　楽器を奏で　散華しながら飛びまわっていた飛天たちは　工事がはじまるとどこかに飛んでいってしまったが　初重《しょじゅう》(14)内の如来像や菩薩像や四天王像は　半ば透けてはいてもここに鎮まる。唐突にはじまった電動のこぎりの騒音に　如来が一瞬眉をひそめたのを　君は見た。仮象の読経を邪魔する掛矢の振動に　多聞天がすばやく身がまえたのを　君は見た。古寺の風光と現代土木との同居による愛憎の化学反応を正視せよ。これをシュールなどと陳腐に定義するな。増長天の足元にモンキーレンチが落ちている。ここでモンキーを使う大工がいるとは。千手観音菩薩が左右二本の手に軍手をはめている。もうすぐ仮象は時間切れ。土木よはやく古寺を修復せよ。君は　教えを修復せよ。君よ　ゴータマよ。

自我

俺の生体の位置とは数ミリずれて自我は呼吸し　俺の挙措にあわせて自我はなまなましく躍動した。とりわけ青魚の臓物のような腐臭が漂う薄明に　自我は姿をあらわし　薄笑いを浮かべて俺を挑発したので俺はたった数ミリの間合いだがどうにか殴りかかった。膝で蹴った。殴られても蹴られても自我はなおも薄笑いを浮かべたまま　姿を掻き消した。怒りによる暴力では自我は殺せないことがわかった。

数ミリずれて動く自我もあれば　あるじである人と正対して鏡のように動く奴　背中合わせに動く奴と　生体につきまとう様態はさまざまだが　奴らは一様に「人生」を愛している。だから別名を「人生」としてもよい。人生はこの世（あの世ではわからない）にあふれている。本屋にあふれている人生論は自我たちの著作。百年一日で　あの独裁者の演説と同じく同じことをひたすらくりかえして煽っていく。人はひとときも人生とは離れられない。人生のことを忘れられない。人生から旅立てない。

一睡も出来ずに迎えた薄明。またしても微風が完全に凪ぎ　あの腐臭が漂ってきた。もうすぐ自我があらわれる。人生があらわれる。

抽象化

いまではスズメバチ　アシナガバチ　ミツバチ　どころか蜂の種類は数えきれないほど増えてしまった。もちろん蜂の種類だけでない。生物にとどまらずこの世の森羅万象が　絶妙に細部を違えておびただしく枝分かれしてしまった。これからはわからないがいままでは具象のちからが抽象のちからを圧倒してきた。

リアルに描かれた名高い山には　麓も山奥も山の彼方も無い。みごとな遠近法で地平線のかなたに道がのびている。歩いていってごらん。にっちもさっちもいかず　君はたちまち絵具にまみれる　いや絵具と化すだろう。中世の女人が額縁のなかで微笑んでいるが　微笑んでいるのは絵具。あのときから○△□や色彩それ自体が華華しくなり　山とか家とかバレリーナとか馬とかチューリップとか　名前たちが影をひそめた。それはなんであるかを恋人にしゃべれない。「あなたのみているものは　あなたのみているものである」。

抽象の森に　恋人たちは分け入っていく。森の奥に　いや中心に向かうほどに　抽象化が強くなっていく。森羅万象も中心に向かうほどに　有無を言わせず抽象されていく。蜂の巣があった。見たことのない蜂が気ぜわしく出入りしていた。さっきから痛いほどではないが　感覚器官に違和感が続いている。抽象されるわけだから　さては眼も鼻もなくなりのっぺらぼうにされてしまうかと彼は思ったが　彼女の顔を見るとくっきりと目も鼻もある。だがいままで見慣れてきた彼女の顔ではなくなっていた。森の中心と思われる磁場に巨大な鏡があった。男と女は完全に同じ顔になっていた。

表徴

あたかも力士がたたんだ腕を伸ばすように　また伸ばした腕をたたむように　そのようにあっという間に　目覚めた人は弟子たちとともに大河を渡ったという。たたんだ腕を伸ばすように云云は比喩にすぎない。渡るにあたって覚者はなんらかのポーズで呪文を唱えたのか。拍子をとったのか。

独裁者は　しだいに沸騰していく弁舌と合わせて身ぶり手ぶりして群衆を喜悦させていった。威厳を表す腕組みを静としてやにわに右腕を伸ばして動に転じ　右手で虚空を指差しこれを振り払い　素早く両腕を拡げ　両手で拍子をとって　そのように舞踏のように　同じ意味内容の弁舌をひたすらくりかえしていった。

たとえば腕組みをしたまま　ずっとしたまま　上体も顔も動かさないで　俺は討論を続けられるか。語る意味内容と身ぶり手ぶりとはほとんど関係がないのに（今は手話の話をしていない）　俺は感情的になって　しきりに拳を振り上げたり振り下ろしたりしていることだろう。

「言葉の意味内容に自信がないから　人は身ぶり手ぶりで話す」。

教えを説くとき覚者は　全く身ぶり手ぶりをしなかったという。説くいちいちの内容によって　覚者の心は全く左右されなかったのだと考えられる。波が立たない。おそらく結跏趺坐《けっかふざ》(15)して　両の手のひらをゆるやかに重ねてあるいは印をむすんで　むすんだまま　おだやかに説教し　弟子や村人の質問に答えていったのだと思われる。

亜実在

剥がれたり　色褪せたり　かすれたり　消えかけたり　紛れたり　といった様態で生きていく世界のことを考えている。いわば亜実在が展開しているいずこか。

いにしえの絹本《けんぽん》(16)着色の女人像がある。ひたいや頬　目もと口もとなどが剥がれ　色褪せ　かすれ　消えかけ　紛れていて　逆に地の絹本があらわになっている。何かを捧げ持っていると思われる両手はほぼ消え失せ　逆に絹本のウラ世界のなわばりで両手はあざやかに息づいているのだろう。

絹本着色の僧形。千年の経年劣化がはぐくんだ亜実在に坐りつづけている。数えきれない宇宙のなかのひとつにすぎない銀河系宇宙の数えきれない世界のなかのひとつにすぎないサハー(17)世界に生きる俗形の俺が　この絹本世界に　いま迷い込んだ。

女人が立っていた。もはや表情はわからないが　笑い声がかすかに聞こえた。サハー世界と音声は同じなのかもしれない。俺に気づいたのか気づかないのか　ここの住人は姿形だけでなく反応すらはっきりしない。俺の姿形はどうか。俺の足元は色褪せるどころか消えかかっていた。まるで幽霊ではないか。僧形が樹下で趺坐していた。まさに高い境地に入っているらしく　俺にまったく反応しない。顔というものは消えやすいのかすでに霧のように霞んでおり　たぶんウラの世界と跨っているのだろう。

「旅の人よ　あなたはいずこから来たのか」。周囲とほぼ同化した老婆に訊かれた。此処に迷い込んでから意識が漠然としている。ちょうどサハー世界の夜に見る夢のような。俺というものが漠然としている。自我というものが　剥がれたり　色褪せたり　かすれたり　消えかけたり　紛れたり。此処は明るくはないが暗くもない。空には太陽が見あたらない。夜はあるが星はない。

「輪郭もなく鮮明もなく明快もない」。

剥がれ　色褪せ　かすれ　消えかけ　紛れる亜実在のありようにどうか祝福を。

共生

はかりしれない遠い昔の未明　大きなシダ植物の下で　ブッダが瞑想していた。ゴータマ・ブッダよりはるかな過去仏　おそらくヴィパシン・ブッダであろう。そのそばに　白い装束で髪をみずらに結った男子が　舞踏しながら忽然とあらわれた。おそらく神代の神であろう。瞑想しているブッダに恭しく季節のあいさつを述べ　かたわらにすわり　教えを乞うた。ブッダは獅子のように説法をはじめた。このふたりを食らおうとして　極端に前傾して走る肉食恐竜がやってきた。白亜紀の名高いティラノサウルスであろうか。食らおうとするが　ヴィパシン・ブッダの強大な神通力で身じろぎすらできない。

「ヴィパシン・ブッダも神代の神も　人類の反映ではないか。白亜紀に人類などいるわけがない」。

「進化論は真実として確定してはいない。過去荘厳劫にあらわれたとされるヴィパシン・ブッダも　国生みのころの神代の神も進化論では語れない」。

そうして白昼になり　ブッダの慈悲の神通力を浴びつづけ　ブッ

ダと神代の神に好感を抱いたティラノサウルスは　ふたりのそばで戯れ　神代の神は　ブッダの教えに歓喜し次いで全きさとりをひらいた　神の仲間の神が　二人三人とふえ　舞踏していた。こうした情景を祝福するかのように　はるか彼方の火山は大噴火した。このはかりしれない遠い昔の記録は　インドにもチベットにも残されておらず　言い伝えの気配すら無い。

断片

断片だけになった
もう全体は無い

目も鼻も口も断片にされて
いろんな角度から見える
目や鼻や口をつけられた
キュービズムの女

多情な男の
こころを解剖したらどうせ
口説き文句の断片が
詰まって腐敗していることだろう

デジタルが世を支配して
死んだ歌手も断片になり
若い断片も晩年の断片も

共生できるようになった

菩薩形の左腕とか薬師如来の両手先とか
十一面観音の大笑面だけとか
如来頭部残欠とか宝冠残欠とか
千年の断片よ

それでも修行僧たちは
師の教えの断片を持ちよって
私はこのように聞いたと
教えの全体を復元していったのだ

俺はというと
夜明けの窓の断片や正午の空の断片を
天界から買って
真理の歌をつくろうとしたのだ

もう全体はいらない
断片だけで行こう

(9) 中有　ちゅうう　前世での死の瞬間から、次の生存を得るまでの間の生存、またはそのときの身心のことをいう。中有を認めない仏教学派は少なくない。

(10) 娑婆　しゃば　サンスクリット語 Sahā（忍耐を意味する）に相当する音写。われわれが住んでいる世界のこと。娑婆世界は汚辱と苦しみに満ちた穢土（えど）であるとされ、〈忍土〉などとも漢訳されている。

(11) 僧形　そうぎょう　〈俗形〉（ぞくぎょう）の対語。髪を剃り、法衣をつけた僧の姿。また、その姿の人。

(12) 覆屋　おおいや　鞘堂（さやどう）とも。風雨を防ぎ、社殿・仏堂を保護するため、覆いとしてその外側におおいかけた建物。解体修理のために、社殿・仏堂を覆う構造物も覆屋と呼ぶ。

(13) 相輪　そうりん　塔の屋根の最高部に付ける飾り。一般的には下から露盤、伏鉢、蓮弁、受け花、宝輪、水煙、竜車、宝珠の順に連続する。

(14) 初重　しょじゅう　塔のいわば1階部分。

(15) 結跏趺坐　けっかふざ　坐法の一つ。趺（あし）を結跏して坐る意。趺は足の甲。結跏は、趺を交わらせ（結）、たがいに反対の足の腿の上に乗せること（跏）。すなわち足を結んだような形をしている坐法をいう。

(16) 絹本　けんぽん　書画をかくための絹布。もしくは、これにかいた書画。

(17) サハー　われわれが住んでいる世界のこと。娑婆（しゃば）はこれの音写。

ハラキン

1953年大阪府生れ
関西詩人協会会員・総合詩誌「PO」会員

著書　詩画集『small　axe』1985年（ギャラリー・ホワイトアート）

現住所：大阪市北区天神橋2北1 - 13 - 702　原田 均方
　　　　E-mail : zaikeharakin@ybb.ne.jp

2018年8月以降住所：千葉県八千代市上高野1289 - 45　原田 均方

詩集　**仏教の宣伝**

2017年10月20日　第1刷発行
著　者　ハラキン
発行人　左子真由美
発行所　㈱ 竹林館
〒530-0044　大阪市北区東天満2-9-4　千代田ビル東館7階FG
Tel　06-4801-6111　Fax　06-4801-6112
郵便振替　00980-9-44593
URL http://www.chikurinkan.co.jp
印刷・製本　株式会社太洋社
〒501-0431　岐阜県本巣郡北方町北方148-1

ISBN978-4-86000-370-8　C0092